O —

editora Urutau

rua do cajú, 478,
jardim das cerejeiras
06724-015
cotia-sp (brasil)

avenida peirao besada, 6 – 2D
36163 poio-pontevedra
(espanha)

[+34] 644 951 354 [espanha]
[+55] 11 9 4859 2 426 [brasil]

www.editoraurutau.com.br
contato@editoraurutau.com.br

[EDIÇÃO]
debora ribeiro rendelli
[COORDENAÇÃO GRÁFICA]
tiago fabris rendelli
[PROJETO GRÁFICO]
wladimir vaz
[REVISÃO]
marcella sarubi
[DIAGRAMAÇÃO]
victor h. azevedo
[CAPA]
victor h. azevedo sobre foto de donald giannatti

dados internacionais de catalogação na publicação (CIP) de acordo com ISBD

peixoto, hugo
P379m medo de rato / hugo peixoto. - bragança paulista : urutau, 2021. 88 p. ; 13cm x 19cm.

ISBN 978-65-5900-148-4

1. literatura brasileira. 2. conto. 3. prosa. i. título.

CDD 869.8992
2021-3451 CDU 821.134.3(81)

elaborado por vagner rodolfo da silva - CRB-8/9410

MEDO DE RATO

HUGO PEIXOTO

[primeira edição]

URUTAU

setembro de 2021

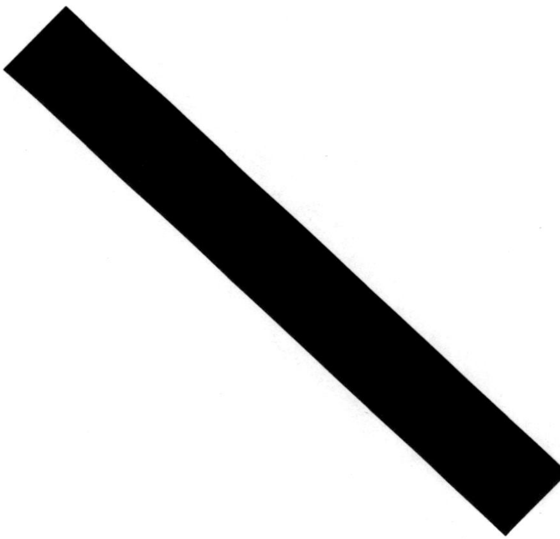

sumário

PEDACINHO-CINHO-CINHO DO MUNDO

Para quem não voa pelos céus ignorando fronteiras é mais difícil saber o quão grande é o mundo. Para quem nasceu, cresceu e acostumou-se a uma mínima parte dele, talvez esta parte seja o mundo completo, e o restante apenas sonho. Daqui, de meu pequeno e restrito recinto-cinto-cinto, o que chamo de mundo são as quatro imagens que vejo desde que nasci. A da frente é uma parede coberta de azulejos marrons e adornada por uma flor de cerâmica e um gancho de pendurar rede. A imagem detrás é uma parede também revestida por azulejos idênticos, mas contém apenas um prego empoeirado onde umas poucas aranhas ainda vêm se aventurar. Na minha direita está a parte mais encantadora, vejo janelas, varandas, casas, árvores, ruas, carros e gente, tudo de cima. Na esquerda, vejo parte de uma parede branca com um quadro cheio de pássaros e árvores pintados de todas as cores e tamanhos, e um sofá cinza, onde de vez em quando uma das quatro pessoas da casa deita ou senta para ver a televisão — objeto que eu escuto todos os dias, mas que só consigo-sigo-sigo enxergar quando refletido nos óculos de alguém. É coisa rara, mas acontece, como na noite que eu vi, na lentezinha fina no rosto da Mãe, um homem de gravata e ouvi ele falar que "todos precisam ficar em casa, pois, do contrário, muitas pessoas morrerão".

A cena atípica de todos na sala, sentados no sofá e com os olhos fixos em direção às imagens foi seguida por um silêncio que durou alguns segundos até ser quebrado pela voz baixa do Avô: "o mundo vai parar". A Filha Jovem achou que era exagero, e disse que tinham que esperar para ver como seriam os próximos dias, e a Filha Criança deu um pulo de alegria quando ouviu da mãe que não iria à escola por quinze dias, no mínimo. Sem camisa e olhando para o chão, o velho levantou e veio até onde dava para ver o lado direito do meu mundo. Respirou fundo e depois olhou para mim. Ficou calado. A Filha Criança gritou lá de dentro, pediu para ele ir logo contar uma historinha, e ele sumiu de minhas vistas. Mas a Mãe e a Jovem apareceram logo depois, conversaram baixo sobre se o Avô aguentaria tanto tempo e como manteriam ele e a mais nova dentro de um apartamento tão pequeno. Apagaram as luzes, fecharam a varanda e as cortinas. Elas não falam comigo.

Na manhã seguinte, o céu prateado cobria o sol, como eu não via há meses. Os bem-te-vis cantavam a própria liberdade e os pardais gritavam por todos os lados sem muita preocupação. Lá de longe vinham os latidos do cachorro de sempre e o cantar rouco de algum galo que parecia ter acordado após um susto. O Avô, que era sempre o primeiro a levantar abriu as cortinas, a varanda e deixou escapar do mundo à minha esquerda o cheiro de café torrado. Ele vestia pijamas ainda — e isso era sinal que naquele dia não teria caminhada —, tinha os olhos inchados de sono e o olhar meio vago, sem o sorriso que eu conhecia. "Deixa eu ver sua comida. Hum, tem bastante", disse o Avô antes de dar-me as costas.

Abre essa porta
Quero ir embora
Daqui-daqui-daqui-daqui

Pronunciei minha súplica de todos os dias, pois se ele era o único que parecia me ouvir, talvez decidisse por me atender. O velho reapareceu na varanda, agora sorridente e segurando o potinho com água limpa. Dei saltos de pequena alegria, pois ele não havia esquecido-cido-cido daquela parte da rotina. "Eita que ele hoje acordou cantador! Vamos trocar essa água, que já está suja" e abriu a portinha devagar, apenas o necessário para fazer a troca, porém sem esquecer de estender a mão grande e enrugada para impedir as brechas.

Abre essa porta
Quero ir embora
Daqui-daqui-daqui-daqui

O resto do dia pareceu um domingo, que já é meio triste por natureza. A Filha Criança passou boa parte das horas em frente à televisão, e a Filha Jovem quase não apareceu. A Mãe certamente era a responsável pelo cheiro de comida que se espalhava pelo ar três ou quatro vezes durante o dia, e também reclamava por não ter ajuda com as coisas da casa. "Já estão grandes o suficiente para terem responsabilidades, eu sozinha não dou conta de vocês e uma casa", disse algumas vezes naquela tarde. Quando o sol se pôs completamente, os quatro se reuniram em frente à televisão para saber o que se passou pelo mundo da minha direita no primeiro dia que não puderam visitá-lo. Ouvi coisas sobre curvas, picos e mil mortes por dia. Vi a Filha Criança tapar os olhos, a Filha Jovem tapar a boca e a Mãe olhar para o Avô, que desligou a televisão e disse que era melhor não verem aquilo, pois teriam pesadelos. Nas horas seguintes não houve conversa, cada pessoa arrumou o que fazer longe do meu mundo esquerdo, e até esqueceram a varanda aberta.

Os dias passaram lentos e o calendário perdeu um pouco do sentido. Foi isso o que eu ouvi o Avô dizer sobre o que eles chamaram de quarentena. A Mãe concordou que agora só conta as semanas. Para mim essas somas não fazem diferença alguma, só me interessam as coisas que acontecem nas duas faces do meu mundo. E elas já mudaram bastante. O mundo da esquerda agora vivia completo, movimentado. A mãe e as duas filhas conversavam mais com o velho, mas quase nunca sobre amenidades, e isso me deixava triste. Ele continuava cumprindo religiosamente suas tarefas comigo, e às vezes a netinha pedia para me ver de perto — coisa que ele não gostava, talvez por medo do que ela pudesse aprontar. O lado direito do meu mundo também mudou: se por um lado havia menos carros nas ruas e pouca gente caminhando pelas calçadas, por outro lado havia mais borboletas passeando aleatórias, mais pássaros brincando e cantando no céu, que, por sinal, perdeu o tom meio cinza e meio bronze que o ofuscava os dias chamados úteis. Percebi que eu e o velho tínhamos um gosto em comum: ouvir o canto crepuscular das cigarras dizendo simmmmm-sim-sim-sim-siiiiimmmm. Mas também uma angústia, que era o silêncio incomum já nas primeiras horas da noite.

Duas semanas depois, as coisas pioraram. O Avô e a Mãe com a Filha Criança não saíam mais do mundo da minha esquerda, em nenhuma hipótese. Quem saía era a Jovem, somente para comprar o que precisavam. Durante a maior parte do dia, a televisão ficava desligada para evitar que a menina visse notícias sobre mortes, que já não aconteciam somente dentro dos hospitais. Vi, daqui de onde moro, pessoas com todo corpo coberto de branco levarem outras pessoas das casas do mundo da minha direita dentro de ambulâncias de canto estridente. Ninguém precisou falar o que aquilo significava, pois o choro contido das pessoas daquele lado do mundo era o bastante para eu entender.

Abre essa porta
Quero ir embora
Daqui-daqui-daqui-daqui

Esse meu canto parece renovar as esperanças a cada alvorecer. O Avô aparece sorrindo, fala comigo e depois volta assobiando para acordar a neta. Dia desses a Mãe pendurou a rede, deitou aqui e passou um bom tempo me vendo cantar e saltar, até dormir. Acredito que ela tenha compreendido um pouco do meu mundo, pois, nos dias seguintes, a Mãe e as filhas decidiram cantar na varanda porque estavam tristes e aquela seria uma forma de alegrar a si próprias e às pessoas no mundo lá fora. Na última vez que cantaram, a música era bonita, mas falava sobre a felicidade ter ido embora e de uma pessoa chegar na sua casa em poucos segundos, quando começa a cantar. O Avô apenas observava, sentado no sofá, com os olhos cheios de lágrimas. Talvez ele estivesse atento ao fato de que gente não voa, diferente dos pássaros.

Na manhã seguinte, as quatro pessoas estavam prontas na sala, nas primeiras horas de sol. A Mãe falava sem parar, mas não olhava para lugar algum. A Filha Criança ficava calada, olhando para a TV, mas sem prestar atenção, e a Filha Jovem segurava uma mala antiga em uma das mãos e, com a outra, dava apoio a um dos braços do Avô, que ofegava cada passo dado. Antes de sair, ele veio até mim, olhou a água e a comida, disse que não precisaria trocar e recomendou à filha: "Depois você tira aquela cadeira de perto da gaiola, porque a Princesinha pode subir e tentar abrir para soltar o bichinho".

Elas saíram sem pressa, com os olhares abertos para o chão. Antes de cruzar o vão da porta, o Avô parou, pôs a mão no queixo como se acabasse de lembrar de algo, e demorou o olhar na minha direção. Mas jogou uma das mãos para trás e saiu. A porta fechou e escutei o barulho grosso da chave. Talvez meu pedacinho-cinho-cinho de mundo ficasse ainda menor.

APARTAMENTO 401

Os poucos segundos entre o momento em que Alberto pressionou a campainha e que Amara girou as chaves para abrir a porta do apartamento pareceram uma eternidade. Ele baixou os olhos e acariciou o próprio queixo com a mão direita, mas não disse nada, enquanto ela — depois de escancarar a porta — caminhou até o sofá, onde sentou-se, cruzou as pernas e fixou o olhar na televisão.

— Está aí. Confira se falta alguma coisa — disse Amara sem mover sequer o rosto, apontando para uma sacola de papel e alças de tecido que estava pendurada no braço da cadeira de balanço perto da porta.

— Está sim. Acho que sim — respondeu ele depois de conferir com os dedos duas camisas, uma cueca, uma calça e uma caneca vermelha de ágata.

— Pronto, pode sair, por favor?

— Ok, obrigado, tchau — Alberto respondeu e saiu sem fechar a porta.

Ainda com os olhos para baixo, ele caminhou até o elevador e apertou o botão. Há muito tempo não tinha coragem de encarar Amara, então concentrou-se nos números decrescentes dos andares nove, oito, sete, seis… Parou no sexto. Apertou novamente e, pelo canto do olho, viu Amara levantar e vir em sua direção, esmagando o chão com toda brutalidade. Esperou levar um grito por não fechar a porta, e depois a batida forte que faria a guirlanda cair, como na última vez que estivera lá.

Olhou mais uma vez para o visor do elevador (sexto andar) e soltou, apressado, que iria pela escada mesmo. Deu alguns passos, mas ela o segurou pelo braço.

— Não tem nada para me dizer?

— Não...

— Então vá à merda!

A sirene do elevador tocou e sons de pancadas na porta metálica e de gritos de "ajuda aqui" surgiram entre os dois. Alberto afastou-se de Amara e novamente apertou o botão azul.

— Tem alguém preso, Amara!

— Que morra!

— Vou buscar ajuda — disse enquanto batia na porta do elevador. — Calma, vou chamar o porteiro! Se tiver entre um andar e outro, não tente sair, ok?

— Por favor, me tira daqui! — implorou a voz abafada.

— Eu vou lá embaixo chamar o porteiro.

— Vá! Você é quem sabe. Vá, vá lá chamar seu Zito. Quer fugir da conversa, então desaparece daqui! — Amara entrou em casa e bateu a porta.

A pessoa presa esmurrava a porta do elevador já entre os soluços. Alberto desceu alguns poucos degraus para chamar o porteiro, mas desistiu e voltou para a porta do apartamento 401. Fitou o número seis no visor, depois olhou novamente a porta, o chão. Decidiu pressionar a campainha mais uma vez e Amara abriu imediatamente.

— Sua guirlanda. Caiu.

— Imbecil.

— Desta vez caiu o prego também, não tenho como recolocar. Estou devolvendo.

— Sabe, Alberto... Eu realmente não sei se você sempre foi idiota assim ou só está se passando por um para evitar uma conversa.

— Se você quiser, posso pedir o martelo aqui no vizinho e recolocar seu arranjo de Natal. — E olhou para a porta do elevador, de onde continuavam os gritos. — Amara, eu preciso chamar o porteiro e ajudar essa pessoa, ela está em pânico.

— Tudo bem, Alberto, vá ajudá-la, ela está desesperada.

— Tudo bem se eu for?

— Sim, pode ir.

Alberto desceu as escadas correndo com sua sacola de roupas na mão. Amara recolheu o prego, a guirlanda e trancou a porta com a chave.

SATANÁS

Quando os olhos abriram, era azul de ponta a ponta. Três urubus cirandavam sem bater as asas, talvez quatro, pois o sol espetava-lhe os olhos com clareza nunca vista. Ainda estava vivo. Sentia o relevo das pedras deformar suas costas, as pernas em chamas sob a calça e as moscas provocarem irritantes cócegas que viravam dores mais finas que agulha na barriga e no pescoço. O braço, vermelho coalhado, não sentia. Rastejou até o primeiro degrau da escada, onde apoiou a cabeça e viu os pingos viscosos vazarem do peito magro. Olhou para o céu novamente e sorriu como uma criança.

Olha, menino, isso é o que acontece com quem entra na propriedade dos outros, vira comida de urubu, dissera-lhe uma vez o pai, vigilante da usina de açúcar, apontando para o que restava de um homem. Criança, desviava o olhar para um urubu no céu. Um, dois, três, quatro, cinco, seis, sete, oito, nove, bateu. Um, dois, três, bateu. Tentava distrair-se contando quanto tempo a ave conseguia voar sem bater as asas, mas o pai o pegou pelo queixo e o fez encarar o corpo estendido na estrada de barro que cortava o verde das canas. Aprende uma coisa para quando você crescer: tem que olhar para a morte e saber por que ela veio. Acinzentado e faltando pedaços, o homem já não tinha face, apenas um crânio horrendo e sujo. Se fora rico ou miserável, bonito ou não, bravo ou manso, nunca saberia. Depois da vida, todo mundo é igual, um monte de ossos, resumiu o pai naquele dia.

A imagem daquele crânio aparecera e desaparecera durante toda infância, mas nunca lhe causou náusea, nem pesadelo. Compreendera aquele crime como uma justa punição a quem foge à regra de que terra tem dono, e desde então criava para si justificativas para cada morte que soubesse. Porém, na manhã em que a mãe o acordou de um sono adolescente para avisar, sem arrodeios, que o pai havia morrido no canavial, não encontrou motivo que parecesse justo. Caiu do caminhão, estava voltando na carroceria com os outros e, na brincadeira com seu tio, soltou-se. Caiu e morreu atropelado pelo caminhão detrás, ela disse. O jovem andou pela casa toda como se procurasse algo, rejeitou todos os abraços que visitaram a família e correu até a casa do tio quando soube que não o deixariam ver o rosto do pai uma última vez. Perguntou se tinha visto como o pai estava quando caiu e como ficou o corpo. Destruído, filho, destruído.

A perda da parte mais segura de si deixou no peito um vazio. Procurava os cantos dos poucos lugares que precisava ir, andava sempre um passo atrás dos outros e não falava, apenas respondia. Lembrava quase diariamente da frase dita pelo pai — tem que olhar para a morte e saber por que ela veio — e nos tempos mais difíceis chegava a dar socos na própria cabeça tentando decifrá-la. Foi um alívio quando, motivado por aquelas onze palavras, passou a desafiar a vida. A primeira vez foi na estação de trem: permaneceu sob um dos trilhos, de frente para a plataforma apinhada de rostos desesperados, até o último segundo. Dias depois, ateou fogo no capim seco da beira da estrada, caminhou algumas centenas de metros e deitou, à espera do incêndio. A cada desafio que se propagava pelas bocas das ruas, mais pessoas mudavam de calçada para não o encarar, trancavam as portas às pressas ou prometiam matá-lo, caso ele colocasse outras vidas em risco. Mas foi no fim da tarde de um domingo que, além de temido, passou a ser odiado: subiu na torre da igreja principal da cidade, ao lado do cemitério, e equilibrou-se sobre a cruz com apenas um pé. Gritava venha, morte, apareça, e apontava para o céu um facão enferrujado que pertencera ao pai. Foi pego assim que desceu e, preso, foi rebatizado com o nome de Satanás.

Ali, deitado no primeiro degrau da escadaria, subiu os olhos do sangue do peito para a porta da igreja, depois para a torre e, por fim, encontrou a cruz que fora sua quase dez anos antes. Imaginou como deve ter sido vê-lo ali de baixo e lembrou do tumulto que se fez em tão pouco tempo: os homens insultavam e as mulheres com mãos estendidas pediam para que ele não pulasse. Nunca pularia, a morte que viesse encará-lo! Quando a polícia chegou, desceu sem falar, entregou o facão e as mãos, para então sair algemado no meio de gritos de Satanás ou de qualquer coisa que o colocasse abaixo da condição humana.

Não imaginaria voltar àquele lugar daquele jeito. O peito rasgado, um braço morto e o pulmão sem forças. Olhou para o próprio corpo e viu o homem dilacerado do canavial, o crânio exposto e o pai repetindo a frase de sempre. O pescoço dobrado doía-lhe, todo o corpo formigava e a respiração deu vez a uma erupção vermelha pela boca. Eca, uma voz fina gritou, e outra riu. Eram dois meninos e uma senhora que o observavam. Corra, vá chamar alguém, disse a velha, é o Satanás. Vá logo, foi ele que matou um pastor ontem!

Satanás nunca esperava a ajuda de ninguém. Sabia que não era bem-vindo nos lugares, que tinham medo de deixá-lo só ou de ficar a sós com ele, mas aceitava essas condições, pois também não confiava em ninguém. Tentou gritar para dispersar a velha e os meninos, mas o que saiu foi um ronco, então arregalou os olhos e ergueu o braço ainda vivo, mas agonizante. Vade-retro, Satanás, chispa demônio, a senhora respondeu com as frases que ele ouviu do tio e dos seguidores no dia em que saiu da prisão.

Naquela tarde, caminhou por quilômetros pela estrada de terra na direção da casa da mãe e, quanto mais perto chegava, mais estridentes eram os gritos impostados de um homem. Do lado de fora da casa, bicicletas e motos indicavam a presença de muita gente, então passou direto para o quintal, onde faziam as festas. As cadeiras brancas enfileiradas estavam repletas de homens e mulheres atentas ao falante criatura de terno e gravata, que interrompeu a oração assim que o viu. Meu sobrinho, que bons ventos o trazem aqui, disse o tio ao microfone e todos se voltaram para trás. Os cabelos crespos do tio, agora também grisalhos e contidos, diferentes do estilo que Satanás conhecera criança, faziam-no parecer sério e rigoroso, ainda mais com os bigodes robustos, outra novidade. O sobrinho perguntou onde estava a mãe e ouviu que ela já não morava lá havia um tempo, mudara-se para Vicência com o pouco que tinha e se desfizera de tudo que fazia lembrar o filho problemático. Satanás olhou para as pessoas, que não tiravam os olhos dele enquanto ouviam o tio, e bateu o pé para assustá-los, mas não houve reação. Filho, sente aqui, escute a palavra que o Senhor tem para ti hoje, esqueça o passado e aceite esta nova vida, disse o tio, seguido por um sonoro amém.

Sentado numa cadeira colocada próximo ao púlpito improvisado sob a mangueira, o sobrinho escutava cada palavra lida pelo tio sem prestar atenção alguma e estranhava o sotaque que ele adquirira. Não reconhecia algumas passagens da vida familiar contadas por ele aos seguidores. Por trás de todos, já próximo ao terreno vizinho, dois cães embolavam na terra e trocavam mordidas violentas. Voltou o olhar para o tio, que agora cantava de olhos fechados, e lembrou-se do dia em que o pai caíra do caminhão na volta do canavial. Os cachorros levantavam poeira, ora um rosnava, ora outro latia, e Satanás não sabia se brincavam ou se brigavam. Lágrimas saíam dos olhos fechados do tio, que mantinha os braços e o rosto voltados para o céu e o semblante de quem acabara de ter a face tocada por Deus. O sangue jorrava da orelha de um dos cães, o céu estava limpo, sem urubus, e Satanás viu o crânio do homem do canavial rolar entre os cachorros. Ergueu-se da cadeira, esmagou o chão de terra com os pés até o tio e atirou seu microfone no chão.

— Tem que olhar para a morte e saber por que ela veio, era o que meu pai dizia.

— Somente Ele — apontando para o céu — haverá de julgar.

— Somente os cães se reconhecem na brinca ou na briga. O senhor nunca foi de brinca.

— Ouvem, irmãos? Meu sobrinho está possuído!

— Eu sempre fui cão. Cão de briga.

Os fiéis levantaram-se de mãos estendidas e proferiram preces para expulsar Satanás dali. Um grupo de homens o arrastou pelos braços até a frente da casa, com ordens de ficar distante do pastor. Os outros vieram atrás deles, com olhos de pânico e orações nas mais diversas línguas. Jogado no chão de terra, ele apenas ajeitou a camisa, bateu nas calças para tirar a poeira e prometeu voltar um dia.

Os relatos da confusão propagaram-se como fogo e ganharam traços de crueldade ou de fé, a depender de quem contava. Satanás abrigou-se em um casebre abandonado perto da cidade, e de lá mal saía. Durante meses, só surgia na rua para beber ou tomar de alguém algo que precisasse. Nas poucas noites que saía, perambulava até o cabaré, onde se engraçou por uma senhora vinda da capital e a quem procurava na maioria das vezes. De rápidas diversões a conversas sobre qualquer coisa, as noites juntos tornaram-se mais constantes, e ambos, por vezes, até dividiam o pouco dinheiro que tinham. Mas, desacostumado a afetos, Satanás passou a incomodar-se com outros encontros de sua senhora, como agora ele a chamava, e certa vez quebrou mesas porque não queria esperar sua vez. Ameaçou outros homens com gargalo de garrafa e encostou a ponta do facão na pálpebra do dono do lugar. Quando voltou na noite seguinte, o cabaré estava meio vazio e ainda sujo, com poucas bebidas à mostra, e ele passou direto para o quarto que já tinha como seu. Bateu, mas não esperou e derrubou a porta com um chute. Sobre a cama, com as mesmas roupas, a mulher pendulava na ponta da corda presa ao teto.

Por que a morte sempre viera aos seus, o que lhe restava na vida, perguntou às sombras que o acompanhavam pelas ruas enquanto bebia. A frase dita pelo pai ressurgia nesses momentos, mas desta vez veio com a certeza de que precisaria se resolver com a morte, cumprir a promessa de voltar à casa do tio. Conseguiu mais uma garrafa e bebeu quase a metade na primeira vez que a inclinou, mas, depois de alguns passos, percebeu estar segurando o crânio, então atirou-se no chão e começou a cavar. Precisava dar um fim àquilo.

O sol ainda não nascera por completo quando ele chegou ao casebre, com os passos oscilantes. Girou a chave duas vezes. Duas. Ele só achava necessário girar uma vez. Colocou a mão por baixo da camisa, por trás da cintura, e puxou seu facão. Depois deu um passo para trás, esperando ver algum movimento lá dentro. Com o pescoço esticado e a mão armada em riste, livrou-se dos chinelos e inclinou os pés para andar sem fazer barulho, de bandinha e devagar, como o pai lhe ensinara. Um passo de cada vez. Entrou e, sem dar as costas para a sala pequena, trancou a porta com apenas um giro. A pouca luz que já entrava pela janela destacava sua camisa de botão. Tirou-a lentamente. Agachou-se, esticou a mão por baixo do pequeno armário de madeira e constatou: o desgraçado pegou minha espingarda.

De onde ele estava, tinha visão para as três portas da casa, a de entrada, a do quarto e a da cozinha. Agachado entre a madeira e o sofá rasgado, coçou o pescoço com a lâmina do facão e sorriu. Nunca imaginara tamanha ousadia, onde já se viu entrar na casa de Satanás, pegar sua arma e ficar de butuca esperando para a emboscada? O covarde planejou pegá-lo na surdina, na escuridão e no descanso, então não teria paciência para tanto tempo de silêncio desconhecido, deduziu. Então Satanás permaneceu agachado, imóvel e calado, no mesmo lugar, até o sol sair completamente e iluminar toda a casa.

Quanto tempo se passara, não sabia, mas as pernas de Satanás formigavam e o braço, cansado do facão, fraquejava. Chegou a pensar que talvez estivesse só, que apenas tivessem roubado sua arma e ido embora, mas não pagaria com a vida por essas incertezas. Quem quer que estivesse lá tinha tanta coragem quanto ele de desafiar a morte, mas não teria a paciência de um urubu em manter-se tanto tempo sem bater as asas, e este seria seu erro. Passada a segunda hora, uma voz grave e abafada brotou do quarto.

— Meu sobrinho, meu sobrinho. Eu sei que você está aí, vi você chegar. — E a voz cada vez mais próxima: — Vamos conversar. Eu sei o que você pensa de mim, o que você acha que sabe sobre a morte do seu pai, mas eu não tive culpa. Aparece, homem!

Satanás apenas passou as longas polegadas da lâmina sobre a unha do polegar esquerdo para conferir o fio. Notou que o tio voltara a ter a voz que ele conhecia, sem o sotaque de candura das orações. Era a mesma voz que ele procurava ouvir quando criança, a qual compreendia e confiava, e que por vezes era o meio de chegar até o pai. A voz cada vez mais grave e próxima.

— Por que se esconde? Sou eu, seu tio de sempre. De sempre não, melhor, agora missionário da palavra. Não tive culpa na morte do seu pai. Meu coração está tranquilo. O que você sabe sobre aquele dia? Se alguém falou alguma coisa para você, foi para me incriminar. Não tive culpa. Se alguém teve culpa... — O tio deu uma pausa longa e ficou a menos de um passo do sobrinho, porém sem vê-lo. — Escute, se alguém teve culpa…

O salto silencioso levou os olhos de Satanás aos do tio, estes de lágrimas e lamento. Nariz e boca eram de um mesmo rubro brilhante, que escorria para o peito aberto e pulsante, preso ao facão enferrujado. Satanás sentiu o calor do tio escorrer pela sua mão e aquecer as pontas de seus pés dormentes. Olhou o tio novamente nos olhos.

— Foi por meu pai.

— Pergunte à sua mãe — disse o tio, e a explosão do tiro jogou o Satanás por sobre o armário. O braço dilacerado, o peito crivado e só então lembrou da espingarda. Entendeu ali mesmo que aquele seria o começo de sua morte. Ela havia chegado, finalmente, e viera escondida, quando estava com os olhos fechados pela vingança. Decidiu que não morreria ali, queria estar distante dos urubus do canavial. Deixou para trás o corpo do tio e o facão. Andou como pôde até a cidade.

Da rua do Bom Jesus, avistou a torre da igreja e tentou apressar os passos fracos, e os pés fizeram apenas o necessário. Sentou-se no meio-fio e ouviu o chiado de outros pés descalços arrastando pelo chão da tarde. Ergueu os olhos e viu as beatas avançarem como espuma branca antecedendo o profundo azul do manto do mar. Levantou-se, por respeito, e cobriu o coração com a mão que restava. A onda sussurrante avançou até ele e cobriu-lhe até a altura do peito. Procurou, nas rugas de sol e de tempo, algum olhar de paz, mas todos desviavam. Se Deus existisse e o olhasse ali agora, de cima, veria somente a água azul e branca dividir-se para desviar de uma pedra e depois se reencontrar do outro lado.

No canto da rua, com o caminhar mais leve que a correnteza, debaixo de um véu acinzentado, viu os olhos jovens da mãe. Ela carregava um menino limpo, cheiroso e de cabelos bem penteados. Apenas os sapatos que já foram brancos levavam o pó avermelhado do canavial. O menino sorria e balançava as mãos para dois senhores que caminhavam do outro lado da procissão. Satanás esticou o braço na direção da mulher com um sorriso eufórico e inesperado. Mainha, disse com os olhos marejados. A senhora encolheu-se atrás de um terço de pedrinhas brancas, suplicou as mãos estendidas da padroeira sobre o andor. Rogai por nós!

Quando abriu os olhos mais uma vez, a senhora e uma das crianças estavam no mesmo lugar, e a outra acabara de surgir no começo da rua acompanhada por dois senhores de ternos cinza. Os três urubus continuavam a poupar as asas lá no alto, suspensos em um calor que ele não mais sentia. O braço morto e todo o corpo pálidos e encolhidos, e um frio envolvia-lhe a nuca e os ombros apoiados na escadaria. O perfume adocicado de um dos homens, não sabia qual, o fez sentir o nariz e o estômago ainda vivos. Vai morrer aí, Satanás, com o castigo que merece, disse o mais alto deles. Depois o outro o tocou com os pés e mostrou-

-lhe a Bíblia com capa de couro escuro. Devia obrigar você a beijar, condenado, mas não vou sujar meu livro. A senhora olhou para os dois homens e falou os mais profundos sentimentos pela morte do pastor deles, pois mesmo sendo de outra religião, também era cristã.

Satanás jogou-se sobre o braço morto e, agora de bruços, conseguiu segurar no portão do cemitério e rastejar alguns degraus acima. Com os olhos voltados para o alto, só via as cruzes das tantas covas, emolduradas pelo céu azul e limpo. Ouviu um dos homens dizer que o sofrimento aqui não era nada diante do que ele encontraria no Inferno. O outro disse que finalmente o Satanás encontraria o pai, seu filho do Diabo!

Ele olhou para trás mais uma vez e notou os dois meninos de costas, apontando para o juazeiro da praça e imitando o canto dos bem-te-vis. Viu quando a senhora puxou os dois pelas mãos e, com a voz doce e mansa, disse que eles olhassem bem, pois Nosso Senhor dava a resposta merecida para nossos feitos na Terra, a justiça do Céu não falha e nunca falharia com quem tira a vida de um mensageiro de Deus.

Rastejante, conseguiu adentrar no cemitério apenas com o braço que lhe restava. Percebeu o rastro pegajoso que deixara na escada e as vozes dos homens e da senhora apagaram-se lentamente, como a chama de uma vela que finda. Deitou a cabeça no chão de granito e folhas secas, e seus olhos se perderam no labirinto de mármore que preenchia o raso horizonte.

A NOITE NO HOTEL OCEANO

Às sextas-feiras, as pessoas da repartição sempre saiam mais cedo, mas Amália preferiu esperar mais uns trinta minutos depois do expediente para poder se trocar e sair sem ouvir as perguntas ou as gracinhas que os colegas costumavam fazer sempre que descobriam que ela tinha um encontro. Quando notou que estava só, fez a maquiagem, colocou os brincos e os saltos, pegou a mala de viagem escondida desde cedo no almoxarifado e pediu um táxi.

Minutos depois, o carro amarelo parou em frente ao portão. Ela aguardou na calçada, enquanto o motorista guardava sua mala, em seguida fez um sinal para que ele abrisse a porta traseira. Para o Hotel Oceano, por favor — foi a única coisa que disse enquanto atravessava os congestionamentos até o maior hotel da principal praia da cidade. Concentrada em qualquer coisa que surgia no celular e apreciando as unhas compridas e pintadas, só levantou os olhos ao perceber, bem ao seu lado, o letreiro dourado com o nome do hotel. Pagou a corrida e mandou ficar com o troco.

Ainda antes de entrar, notou o jardim impecável, com plantas que ela nunca vira — são de verdade! — e percorreu com os olhos as imensas portas de vidro que iam do chão ao andar do restaurante. Mais acima, as varandas: ah, que lindeza, são todas onduladas, com detalhes azuis-esverdeados e muito vidro. Imaginou-se ali na manhã seguinte, quase vestida com seu robe de seda e renda brancas, esquentando a pele ao sol e aos beijos. Já sentia dali o sopro de frescor que vinha do saguão e, quando cruzou a porta, quis observar cada detalhe para memorizar: os lustres, os vasos, as plantas tropicais, os quadros, os sofás e as cadeiras com traços de algum design renomado, com certeza. Um, dois, três, quatro, cinco e seis. Pisou em cada estrela até chegar à recepção.

— Boa noite, senhora.

— Boa noite. A reserva no nome de Juan Gomez e Amália Costa.

— Um momento, por favor, sim?! As chaves.

— De frente para o mar, certo?

— Sim, como a senhora pediu.

— Ele já está vindo, tá? É que meu Juan estava trabalhando e acabou perdendo o voo, vai chegar de madrugada. É um homem de negócios, sabe? Muito ocupado. Você pode me ajudar com a mala? — disse com um tom estranho, como se quisesse que todos ouvissem sua justificativa, e depois caminhou lentamente até o elevador, onde ignorou os espelhos de bordas douradas e preferiu observar o letreiro digital chegar ao décimo segundo andar.

Amália dispensou o funcionário do hotel antes de abrir a porta do quarto e quando se viu só, tirou os saltos e entrou dançando, como se fosse uma valsa, mas com os braços abertos e pulos exagerados, até se jogar na cama. Depois abriu a mala no sofá verde-esmeralda e espalhou as roupas e as joias para escolher o melhor conjunto. Trouxera também uma garrafa de champanhe, edição especial, e alguns chocolates suíços, dos quais experimentou logo uns pedacinhos enquanto explorava o quarto. Ah, a banheira, que sonho, redonda e imensa. De dentro dela veriam a tradicional queima de fogos, se fosse Réveillon, observou, mas naquela noite sentiria de olhos fechados a espuma perfumada acariciar sua pele.

Já com a taça na mão, sentiu as bolhinhas estourarem na boca e se despiu. Quanto tempo esperara por aquilo? Andou nua até a cama, ligou o som baixinho e deitou. Imaginou como ele chegaria, o que diria ao vê-la assim, e como reagiria. Talvez largasse tudo no chão, arrancasse o terno com força e avançasse sobre ela sem dizer nada, ou talvez ele sorrisse e desviasse o olhar para qualquer lugar do quarto, tentando um assunto para conversar. Mas ela o ensinaria, se fosse preciso, ou descobriram-se juntos, sussurrando os desejos. Então, após acabarem a bebida, usariam cada espaço do quarto sem o mínimo de cuidado. Exaustos, descansariam na banheira, onde trocariam carinhos e comeriam chocolates, enquanto falavam sobre o quanto tentaram se enganar e por que esconderam esse amor durante tantos anos.

O interfone do quarto tocou. Era alguém da recepção anunciando uma surpresa e perguntando se ela poderia receber. Vestiu o roupão e esperou na porta o mensageiro chegar com um buquê de rosas vermelhas. Cheirou-as demoradamente, leu o "*Te amo, mi querida Amália*" e completou o vaso sobre a mesa. Sentou-se na poltrona encarando as rosas e bebeu mais uma taça, depois outra e mais outra. Fechou os olhos devagar e teve a sensação de ter dormido, não sabe o quanto. Quando olhou para a cama, lá estava ele, já sem o paletó e desabotoando a camisa impecável, sentado com as costas na cabeceira, sem terno, sem barba, sem um fio de cabelo desalinhado. Era forte, sem pelos no peito ou nos braços, onde os músculos faziam saltar duas tatuagens. O lençol o cobria da cintura para baixo.

— *Quieres más, sí?*

—

— *No estás cansado?*

—

— *En la sacada? Que loco estas. Vamos, vamos.*

Amália caminhou até a sacada, apreciou a vista do mar até onde os olhos alcançavam na escuridão e deitou-se na espreguiçadeira de vime, mas deixou um espaço para ele sentar. Cantarolou com os olhos fechados a melodia de uma música espanhola que ela nunca aprendera a letra.

Quando voltou a abrir os olhos, já era manhã. O sol queimava seu rosto e o vento fazia as cortinas dançarem dentro do quarto vazio e sobre a cama, desfeita apenas em um dos lados. Amália levantou-se e olhou o mar esverdeado, a faixa de areia branca e o calçadão movimentado.

Mesmo vestida com seu robe branco, cruzou os braços sobre os seios, virou o rosto para não ser reconhecida, embora estivesse em um andar tão alto.

FEIRINHA

— A fila de pequenas compras ultimamente tem sido mais lenta que a geral, e neste supermercado tudo é muito caro: uma besteirinha dessas não vai dar menos de cinquenta reais, quer ver? Dois e cinquenta, onze e trinta, quinze reais desse xampu, oito e setenta do achocolatado, mais o biscoito, as maçãs, cerveja, pão, pipoca e pizza congelada. O problema é o tempo que não dá, e a gente sempre deixa para o começo do mês, está lotado. — Encerrou porque percebeu que ele não prestava atenção. Quis perguntar no que pensava, mas a resposta veio antes, baixinha e olhando para o chão.

— Eu acho que está na hora de a gente casar. Você não acha?

—Caixa livre" *(Plin!)* – Ela respondeu.

— Sei lá, praticamente já moramos juntos, só para oficializar mesmo. Enfim, pensei alto. Mas, desculpa, não era hora — ele completou e empurrou a cestinha com um dos pés, desviando os olhos para o letreiro de números vermelhos.

Estavam juntos há seis anos, juntando o tempo de namoro e o tempo que moravam no apartamento dos pais dela, onde todos se reencontram apenas à noite, depois do trabalho. Casar? Melhor não. Estavam bem do jeito que estavam, pagavam somente pelo que queriam comprar para si mesmos. Nada de aluguel, energia ou comida para café, almoço ou jantar — tudo isso ficava por conta do pai, pois mesmo que quisessem pagar, a soma do que os dois ganhavam em um mês não serviria de muita coisa. Nunca haviam conversado sobre isso, nem entre os dois nem com os pais, apenas ajustaram-se aos poucos e essa passou a ser uma das regras da casa.

— Ah, não peça desculpas! Não somos felizes assim? (*Plin!*) Então, por que mudar isso agora? É o que eu acho, espero que você entenda — ela falou enquanto o afagava com leve toque no ombro caído.

— Sim, claro. Eu entendo, só acho que não faria diferença um papel e um anel. São formalidades mesmo, melhor deixar como está, talvez. Não sei mais. (*Plin!*)

— É a gente agora.

— Boa noite, senhora.

— Boa noite.

— Boa noite.

(*Plan! Plan... Plan, Plan, Plan, Plan, Plan... Plan... Plan, Plan!*)

— Cinquenta e seis e oitenta e quatro. Mais alguma coisa? Crédito ou débito?

— Crédito, por favor. (*pi, pi, pi, pi, pi, pi!*). Posso retirar o cartão? Não precisa da minha via, obrigada. — Virou-se para ele enquanto recolhiam as sacolas. — Viu? Sessenta reais praticamente. Absurdo de caro esse supermercado.

— Caro.

— Vamos andando para casa? A rua está bem movimentada, não está pesado, dá para ir. E é bom porque a gente vai conversando, e ainda economiza um pouco.

— É.

O PERCURSO

Meio-dia e trinta. O sol do Recife não permite pensar. No acostamento da BR-101, é preciso sair rapidamente de tamanha exposição, aos raios, aos gases, aos maus. Acenou para um táxi, que parou imediatamente e baixou metade do vidro do passageiro, sem desligar o motor.

— Boa tarde, senhora. Vai pra onde?

— Apipucos.

— Onde, mais ou menos?

— Ah, perto de Casa Forte já. Está livre?

— Sim, sim, pode entrar...

Sentou no banco detrás, atrás do banco do passageiro. Aprendeu que ali era o lugar mais seguro, caso precisasse sair do carro às pressas, numa emergência, pois cairia no acostamento. Teria mais chance. O táxi percorreu lentamente algumas centenas de metros e ela abriu o vidro da janela apenas o suficiente para impedir que uma mão esperta capturasse algum objeto seu.

— Calor, né?

— Sim, muito. O senhor não vai ligar o taxímetro?

— Ah, sim, vou ligar, é que está quebrado. Mas vou tentar. Pronto, pegou.

— Ótimo.

— A senhora dá aula aí nessa faculdade?

— Não, estudo.

— Estuda? Me desculpe, mas a senhora tem cara de professora daí. Não que eu esteja chamando a senhora de velha, nem dizendo que a senhora não tem mais idade para estudar — aliás, admiro muito quem volta para a sala de aula depois de um tempo. A senhora estuda o quê?

— Doutorado.

— Pois a senhora não parece nada com os estudantes daí.

— Hum.

— Me perdoe a sinceridade, sabe? Mas é que essa faculdade só dá comunista. É um povo que anda desmantelado, sem cuidado nenhum, tudo ateu. E o povo das artes? Onde já se viu tanto dinheiro público sendo gasto para bancar esses vagabundos e ainda chamar de artes?

— Uhum. Alô, filha? Ah, ok, tudo bem. Eu vou, sim, me espere. Chego rapidinho e a gente conversa. Seu pai está aí? Deixa eu falar com ele. Oi, e então, conseguiu fazer? Ficou bom? Maravilha, quando chegar eu provo, estou morrendo de fome. Beijo.

O silêncio depois do telefonema fez com que ambos percebessem vozes masculinas que bradavam mudanças e com humor anunciavam sequências numéricas ritmadas que ficariam na memória até o fim do dia. O motorista abaixou o som e abriu o porta-luvas, mas não encontrou seu pendrive, onde segundo ele estavam as melhores músicas brasileiras de todos os tempos.

— Perdi minhas músicas. É melhor desligar então, esse horário político é uma piada. Isso são uns palhaços, todos corruptos. Eu não gosto nem de falar para não ter raiva. Sabe em quem eu vou votar?

— Não.

— Nenhum, dona. Desde 1998 que eu não voto. Acredito mais não. Eu depois vou lá e pago multa. Isso é uma vergonha.

— Pronto, só dobrar nesta rua. Agora nesta. Chegamos. Quanto deu?

— Pronto, chegamos. Deu isso aqui do taxímetro mais uns seis reais, porque a gente andou um bocado com ele desligado.

— Tudo isso? Não, moço, não dá isso tudo não.

— Dá sim, a senhora está querendo dizer o quê? Hein?

— Nada, só achei muito.

— Eu sou honesto, senhora. É muito desaforo. Não está vendo, não? Veja aí quanto deu! Veja! E teve aquele trecho que ele estava desligado.

— Tá bom senhor, tá bom. Tome.

— Cinquenta? Ah, me desculpe, mas eu não vou ter troco para isso tudo. Não anda com dinheiro trocado porque não quer. Aí fica difícil.

MEDO DE RATO

Eu estava brincando com minhas duas irmãs para ver quem aguentava ficar mais tempo pendurada na árvore, aí ele surgiu na rua. Era um homem meio velho, de cabelos enrolados, orelhas redondas e nariz muito grande. Um desenho animado, um estranho. Andava curvado para frente, como se estivesse prestes a tropeçar, e olhava para os lados. Quem estava na rua parou o que estava fazendo, e quem estava dentro de casa, espichou a cabeça pela janela. Ele passou por nós e riu, depois perguntou alguma coisa a um homem que estava por ali e continuou com o andar desajeitado pelo chão de terra até a última casa, que era a nossa. Parou na porta, bateu palmas e chamou minha mãe pelo nome.

Nossa brincadeira sempre durava até o fim da tarde, quando mãe mandava entrar e ameaçava com sua chinela de dedinho, mas naquele dia nem precisou: pulamos da árvore, limpamos as mãos e corremos para casa. Quem é aquele homem? O que ele quer? Ficamos agachadas perto da porta e eu tapei a boca das duas mais novas. Ouvi quando ele prometeu comida, teto, dinheiro e até uma roupinha nova de vez em quando, se for comportada. Comportada?

Mas minha mãe não bagunça, ela só arruma. Depois perguntou pelo pai, mas não ouvi a resposta, porque minha mãe nunca falava sobre ele. Não se preocupe, vou cuidar, o homem disse.

— Joyce, venha cá — mãe chamou e eu saí de trás da porta com as meninas. Achei que ela estivesse com raiva. — Vocês duas, lá pra dentro. E você fique aqui com ele enquanto eu vou buscar suas coisas.

Fiquei logo com vontade de chorar. Eu não tinha feito nada de errado, e se fiz, foi sem querer. O homem disse para eu calar, porque seria melhor para mim, e deu tapinhas no meu ombro. Lembro que depois disso minha mãe apareceu segurando uma bolsa plástica com as minhas roupas e meu sapatinho preto, que era todo arranhado. As meninas também voltaram para a sala, só que ficaram de longe. Choravam e olhavam para o homem e para mãe, esperando alguém falar alguma coisa. Nem dei tchau, e mãe nem disse o vá com Deus que repetia toda vez que uma da gente saía de perto dela. Entendi que eu estava indo embora da minha mãe e das minhas irmãs. Gritei que me soltasse e tentei morder a mão dele. Meu braço doía. Gritei mais ainda, e ninguém da rua parou de fazer o que estava fazendo. Ainda teve gente que escondeu o rosto e entrou em casa.

O homem me levou para o bar naquele mesmo dia. Deu um prato de arroz gelado, mostrou o banheiro, os copos, as bebidas, os pratos para lavar e um colchonete debaixo do balcão para eu dormir depois que terminasse tudo. E cuidado, tem um rato que anda por aqui. Chorei e lavei tudo, mas não deitei. E se o rato confundisse meu dedinho com um pedaço de queijo? E se ele roesse meu nariz? Decidi que era melhor esperar o outro dia ali sentada, com os pés longe do chão.

Ele voltou na manhã seguinte, carregado de sacolas com comida para fazer à noite, mandou eu guardar tudo e ai de mim se beliscasse alguma coisa. Eu só podia comer o que sobrasse do bar e não podia sair para longe hora nenhuma do dia: no máximo ir até a ponta da rua e voltar, se não estivesse movimentada. Foram as regras que ele disse e que eu passei a cumprir todos os dias, porque não conhecia aquele lugar e por medo do que ele poderia fazer se eu desobedecesse. O mais difícil era de noite, quando o pessoal começava a chegar: era das mesas para o balcão e do balcão para as mesas. E de cabeça baixa, que era para mostrar respeito, ele dizia.

Os homens eram os de sempre e chamavam o dono do bar de Italiano. Tinha um velho gordo e sem pescoço que parecia um boneco de neve — minhas irmãs morreriam de rir se vissem —, tinha um de chapeuzinho de vovô, mas ele não era velho e sempre gritava sobre os militares colocarem ordem em tudo. Esses dois sempre chegavam cedo e só saíam de lá carregados por alguém. O que eu menos gostava chegava já perto de fechar: era um homem novo, meio gordinho, de óculos e cabelo preto penteado para trás. Fumava e pedia uísque puro, sem nada, e sempre reclamava que eu colocava uma dose pequena. Caboclinha sovina, caboclinha traz isso, caboclinha traz aquilo. Eu odiava. Uma vez eu estava colocando bebida no copo e ele tentou pegar na minha perna. E esse cambitinho aqui? Pulei e ameacei bater nele com a garrafa. Ele e os outros riram. Riram de sair lágrima. O Italiano bateu o pé e disse que se eu fizesse aquilo de novo iria se ver com ele.

De vez em quando ia um casal que parecia bem rico. O homem era magrinho e careca, sempre de camisas de mangas compridas bem passadas, e a mulher tinha o cabelo loiro e cinza, andava bem maquiada, sorridente, e eu gostava porque ela falava baixinho e me chamava de minha filha. Só que uma vez eu vi quando ela deu um beliscão no marido e, depois disso, nem sequer olhou para mim. Pediram a conta e não apareceram mais. Naquele dia eu mal entrei na cozinha, porque não queria que o Italiano perguntasse o que eu tinha feito para o casal ir embora tão cedo. De um jeito ou de outro, a culpa era sempre minha. Lavei os pratos e deitei ligeiro, nem lembrei que o rato poderia aparecer.

Minhas roupas foram ficando pequenas, mas ele só trazia outra se percebesse algum furo ou rasgo, e nunca eram novas. Uma noite — no mesmo dia em que ganhei do Italiano uma camiseta meio amarelada escrita *Lembrança de Fortaleza* — um senhor desconhecido chegou por lá, acho que da capital. Ele tinha cabelos brancos e puxava de uma perna, a esquerda. Sentou, tirou os óculos e pediu uma cerveja. Ele tinha cara de pai. De avô também, mas eu imaginava mais ele como pai. Chegava em casa e abraçava as duas filhas antes de saber o que tinham aprontado. A mais velha entregava logo as travessuras da outra, e ele só precisava olhar diferente e dizer qualquer coisa para as duas se acalmarem, a voz dele era grossa. Moravam na capital e no domingo saíam para ver os músicos se apresentarem na rua e tomar sorvete nas docas — uma vez eu ouvi o casal dizer que lá tinha sorvete gostoso. Quando ele pegava o barco para cá, as meninas ficavam dando tchauzinho e rindo porque sabiam que ele voltaria no fim da semana com frutas ou bonequinhas de madeira que fazem na ilha. Levava para casa queijo, farinha e açaí, e toda a família comia junta na mesa, rindo das bocas roxas. As meninas dormiam cedo, em um quarto com duas paredes verdes e duas rosas, bem clarinhas, e ele sempre cantava uma musiquinha antes de dar boa-noite e beijos.

— Moça, por favor, você poderia trazer a conta?

— Sim, senhor. — Organizei o copo e a garrafa na bandeja e fui buscar o papelzinho com a soma.

"Moça, por favor", acho que nunca ninguém me chamou assim, e como a voz dele era bonita. Não sei se sorri, mas vi que o Italiano me acompanhava com os olhos. Entregou a conta sem dizer nada e enxugou o pescoço com a toalha. Sem desviar o olhar. De volta à mesa, o homem pagou com dinheiro e disse que eu podia ficar com o troco, depois sorriu e disse até logo. Eu sorri também.

Ele passou a ir ao bar com frequência, toda terça, quarta

e quinta, mas sempre só. Quando ele chegava, abria o sorriso, me dava boa-noite e pedia uma cerveja. Às vezes levava um livro azul, às vezes uns cadernos cheios de anotações e meio sujos. O Italiano, curioso, passava perto e perguntava alguma coisa, e o homem demorava um tempão falando, quase sem pausa para respirar. Eu conheço o Italiano, ele não estava ouvindo a resposta, estava mesmo era de olho nas anotações do homem, a quem passou a chamar de Professor. Taí, ele tinha mesmo cara de professor. De pai, de avô e professor. Imaginei ele escrevendo em um quadro e ensinando de tudo para as crianças, todas com o lápis na boca ou no caderno. No fim de semana, ele ajudava as filhas com as tarefas antes de irem ver os músicos e tomar sorvete. Aquilo que era vida.

Eu gostava de ver o Professor sozinho na mesa, tomando cerveja e lendo ou escrevendo com um jeito apressado. Uma vez, numa quinta-feira, ele estendeu um livro na minha direção e perguntou se eu gostava de ler. Disse que não, que era muito chato. Ele olhou com surpresa e até sorriu, como se eu tivesse contado uma piada, mas logo seu rosto ficou sério e, depois, meio triste. Estendeu o livro mais uma vez e me encarou com os olhos de minha mãe quando colocava comida no meu prato e das minhas irmãs.

— É seu, filha. Pode pegar.

— Posso não, Professor, obrigada. O Italiano vai ficar pensando coisa. — E apressei para atender outra mesa, antes que ele perguntasse se eu sabia ler.

Naquela noite o Italiano não me dirigiu mais uma palavra sequer, mas eu sabia quando ele estava irritado porque começou a bater a porta da geladeira, andar pelo bar sem necessidade e a esbarrar nas cadeiras. Ele mesmo entregou a conta do Professor, recebeu o pagamento e deu o troco. Tive medo que ele gritasse comigo ou fizesse uma besteira depois que os clientes fossem embora. Foi a noite mais longa. E quando terminou, ele fechou o caixa, guardou o dinheiro e apontou para as cadeiras que eu deveria empilhar antes de lavar o chão. Tudo precisaria estar limpo para o fim de semana, quando o movimento era bem maior.

O Professor voltou na terça-feira, com os mesmos livros e cadernos. Pediu a cerveja de sempre e quando deu o primeiro gole, estranhou, disse que não estava gelada. Perguntei se queria outra, mas ele não respondeu porque o Italiano chegou logo e perguntou se havia algum problema. Reclinado, com uma mão no ombro do Professor e outra sobre a mesa, explicou que o movimento foi muito bom no domingo e que ele teve que comprar a cerveja na segunda para repor, mas o freezer estava ruim e não deu tempo gelar. Então uma dose de uísque com água de coco e gelo, o Professor respondeu. O dono do bar foi até o balcão, pegou o copo e a garrafa de rótulo vermelho e resmungou com os punhos fechados antes de voltar para a mesa. Vi os dois conversarem e sorrirem como sempre, e o Professor apontou o dedo na minha direção e depois fez um sinal de negação para o Italiano, que sorriu e mostrou o dedo mínimo de uma das mãos. Estavam falando das minhas pernas, eu pensei. Quando o Italiano voltou no balcão, perto de onde eu estava, só tinha raiva nos olhos. Disse que ia sair rapidamente para comprar coco e gelo, porque eu, de tão magra, nem sequer servia para carregar umas besteiras na esquina.

— Fique aqui e não dê trela para ninguém, está entendido? Cuidado na vida.

O Italiano saiu rapidamente pela rua, olhando para trás quase todo instante. Assim que ele dobrou a esquina, vi o Professor com o dedo apressado para o alto, enquanto olhava para mim por cima dos óculos. Moça, moça, por favor! Talvez a cerveja não estivesse realmente quente. Talvez ele tivesse feito aquela cena para afastar o dono do bar. Talvez minha sorte tivesse mudado. Minhas pernas bambearam cada passo, um frio desceu pela barriga e deu vontade de fazer xixi. Moça, vem cá! De pé, ao lado da mesa, respirei todo o ar que pude e olhei a boca do Professor à procura das palavras esperadas há meses.

— Moça, por favor, tem aquele chouriço na medida?

— Professor...

— Aquele chouriço! Ave Maria, com um uisquezinho, espero que ele não demore.

— Me leva embora daqui. Pelo amor de Deus.

O Professor olhou como se não compreendesse o que eu havia falado, mas em alguns segundos seu rosto mudou. Olhou para os lados, começou a juntar os livros e derrubou todas as canetas. Tentou levantar da cadeira, e eu tentei impedir, mas ele tremia e só repetia desculpa moça, meu Deus do Céu e o que eu faço. Então me afastei. Vi seus olhos marejados observarem cada mesa e todo o bar, depois percorrerem os cantos da rua. Eu vou embora, desculpa, moça, desculpa. Recolheu as canetas no chão, os livros, e foi embora, puxando da perna esquerda que, na pressa, o obrigava a dar pequenos saltos.

Entrei no bar e apoiei a cabeça na madeira escura do balcão. Eu tremia, soluçava. Só pensava no que o Italiano faria quando voltasse, visse a mesa do professor vazia e me encontrasse ali, naquele estado. Os pedidos de desculpas do Professor martelavam minha cabeça, sem parar, sem parar. Eu perguntava, baixinho para mim, o que eu fiz? E ao mesmo tempo respirava fundo para segurar o vômito que sempre vinha quando eu ficava nervosa. Sabia que naquela noite eu não dormiria, porque talvez o rato viesse.

JORNADA DE UMA VIDA A DOIS

Quinta-feira, depois da aula.

— Vamos jantar na padaria? Preciso conversar, estou tensa.

— Vixe, mas está tudo bem? Vamos, sim. Andando mesmo?

— Andando, tá pertinho. Bem está, mas sei lá. Por que homem é tão complicado?

— Homem, homem ou homem de ser humano? Tenho umas coisas para conversar contigo também. Acho que estraguei o rolo com a Deeeeusa.

— Não acredito! Credo, como você é enrolado! Ela estava louca por você, te dando a maior bola e você nada. O que você fez agora?

— Mandei mensagem na janela errada.

— Porra, Manoel!

— Ah, na padaria eu te conto. Mas e você? Aquele cara é meio chato. Não precisava daquela grosseria sexta-feira, e ele finge que não escuta o que eu falo, sei lá... Não deveria estar te dizendo isso, eu acho.

— Tudo bem. É sobre isso mesmo que eu preciso falar. Anda ligeiro porque aqui é bem esquisito.

Três semanas depois, por telefone.

— Manoel, tá fazendo o quê?

— No estágio, mas saio já.

— Quer almoçar comigo?

— Se não atrasar minha saída por aqui, acho que rola.

— Eu passo para te buscar. Me avisa quando sair.

Uma hora depois.

— Bia, não vai rolar almoçar contigo hoje. Apareceu mais uma demanda, nem previsão para largar eu tenho mais.

— Quer jantar, então?

— Acho que hoje não. Dia puxado, tô morto...

— Poxa, Manoel. Fica bem. Um beijo!

— Outro!

Domingo, no museu.

— Não acredito! Nem se a gente tivesse combinado daria tão certo!

— Sim! As fotos do meu amigo estão na exposição. Não podia faltar.

— Você é um fofo mesmo.

— Olha ele, vem cá, Pedro! Pedro, Bia. Bia, Pedro.

— Oi, Bia! Você é lin-da. Linda, linda, linda, linda. Danadinho você, seu Mano.

— Então, não...

— Deixa eu tirar uma foto de vocês! Vocês se completam: a onda voltando sob a areia, o último gole em uma garrafa de Coca-Cola, o cheiro saboroso de uma panela que acabou de ser aberta. É latente!

— Então, a gente é só amigo, Pedro.

— Estão perdendo tempo. Vou lá, obrigadíssimo pela presença. Linda, linda! Você também, Mano. Se beijem, minha gente, sem medo. Beijo, beijo, vou lá!

— Figuraça seu amigo, amei!

— Ele é doido, Bia.

— Mas eu amei. Você vai pra onde depois daqui?

— Para casa.

— Vamos para um bar, tomar um sorvete, qualquer coisa!

— Domingo? Fim de tarde? Tudo fechado.

— Então vamos lá para casa.

— Pode ser...

— Vamos, eu tô de carro.

— Vamos.

Segunda, fim da manhã, na mesma cama.

— Você está calado...

— O que eu disser vai estragar.

— Vamos levantar, Manoel?

— Está tão bom assim...

— Não, tá bom, levanta! Vou fazer um café. Ei, vista uma roupa, meu filho, você chegou ontem!

— Minha roupa está na sala. Vou pegar.

— Ah, vem cá!

Um mês depois, preparando o jantar.

— Acho que agora você coloca o creme de leite, não?

— Ah, deixa eu fazer do meu jeito, Manoel.

— Ah, deixa eu fazer do meu jeito, Manoel... Tá certo, é que eu sabia de outro jeito. A Ta...

— Manoel, esquece ela. Sempre é Talita isso, Talita aquilo, que coisa chata! Vai ver que foi por isso que você não ficou com sua Deeeeusa, nem com a de antes dela. Qual era o nome mesmo?

— Ah, Bia, não precisa disso. Só sugeri colocar o creme de leite.

— Mas não se fala de ex assim, Manoel. Você entende? Fica um pouco chato...

— Tá bom então. Agora me dê um beijinho para sarar.

— Só um?

— Só?

— Um.

— ...

—....

— Melhor parar, vai queimar esse molho.

— Já desliguei o fogo.

Dois meses depois, na varanda.

— Manoel, o que você tem?

— Nada não. Só observando aqui. Olha, começaram aquela farmácia não tem um mês e está quase pronta. Tudo muito rápido.

— Muito. De repente a gente olha pela varanda e tudo está diferente. Mas me fala, o que você tem? Está estranho.

— Nada não. Bobagem minha.

— É por causa do Arthur, né?

— E se for?

— Sabia. Já falei para você, é um jantar do trabalho, com outras pessoas. Ciúme bobo e inútil seu.

— O cara te liga toda hora, e vocês passam a tarde no telefone. Putz, será que você não acha isso estranho?

— Manoel, ele é um garoto! Não viaja! E quer saber mais? Só para te lembrar: você não é meu dono, nem eu mesmo sou dona do meu coração, nem do seu. Pode acontecer de um dia eu me apaixonar por outra pessoa? Pode. Você pode se apaixonar por outra pessoa? Pode também. Então, vamos aproveitar que a gente está junto hoje e pronto.

— Tem razão. Você sempre tem razão. E eu também não mando no meu coração e HOJE ele está mandando eu ir para minha casa.

— Melhor mesmo. Tchau.

— Então, tchau.

Dois dias depois, no sofá da sala.

— Manoel, quer ver algum filme?

— Acho que não, tô morto.

— Tudo bem. Vou ver então, se deitar aqui, qualquer coisa eu te acordo para você ir para a cama.

— Não precisa, estou indo já. Tudo bem? Não fica chateada?

— Não, de forma alguma. Olha, preciso combinar como a gente faz semana que vem. Você vai ficar com as chaves? Vou passar duas semanas com papai, depois da cirurgia dele. Pode ficar aqui, se você quiser.

— Não precisa. Acho que vou para a casa dos meus pais também. Lá eu sou visita, então vou ter mais tempo. Aproveito e dou uma adiantada nos assuntos, trabalho as fotos que estou devendo...

— Ótimo. Sua mãe vai adorar.

— Ah, Beatriz, não começa... Boa noite.

— Boa noite.

Duas semanas depois, por telefone.

— Beatriz?

— Oi, Manoel!

— Tudo certinho?

— Tudo! Finalmente um pouco de paz.

— E seu pai? Manda um abraço para ele, diz que eu estou desejando melhoras.

— Falo sim, pode deixar. Ele está bem melhor, ia voltar ao médico hoje para uma revisão, vou ligar para mamãe mais tarde para perguntar como foi.

— Vai ligar? Você não está com eles?

— Ah, foi mal. Voltei para casa faz dois dias. Não quis te falar nada porque queria ficar um tempinho só, desligada do mundo e descansando de tudo.

— Poxa, e não pode me falar? Era só avisar que chegou e dizer que queria ficar só, eu nem ligaria para você. É isso, sabe?

— Ah, Manoel, estou cansada.

— Eu também.

Segunda-feira, na faculdade.

— Não quer conversar?

— Melhor não.

— Trouxe suas coisas, como você pediu.

— Obrigado.

— Tchau, Manoel

— Tchau.

Um ano depois, na festa de formatura.

— Manooo, tão feliz por você!

— Poxa, obrigado! Você sabe como foi complicado, mas é isso: vida nova! Vai ser mais difícil daqui para frente.

— Que nada, você é superinteligente, vai tirar tudo de letra. É só ter foco e pensar um pouco menos.

— Fico feliz em ouvir isso. Desculpa se alguma vez fui chato com você ou fiquei distante. É que a gente era tão próximo e de repente estava daquele jeito. Não tive maturidade para isso.

— Relaxa, Manozinho, você nunca foi chato. Um pouco imaturo? Talvez, mas tenho uma ótima notícia para você:

imaturidade passa. Então, vamos sair daqui para onde? Um hambúrguer no Mata-Fome?

— Será?

— Vamos, vamos!

— Vamos.

Domingo, cinco e trinta da manhã, depois do hambúrguer.

— Pronto, chegamos. Está entregue!

— Não vai subir, Mano? Fumar um cigarro, conversar.

— Acho que não, tô morto.

— Se você quiser, pode descansar aqui, ninguém vai te atacar. Tem o sofá-cama.

— Melhor não, tô tranquilo.

— Então tá bom.

— Mas obrigado.

— Tchau. Fica bem!

— Você também! Tchau.

SORTE DOS PARDAIS

A mãe não gostava que o menino saísse sozinho para longe de casa, achava que era cedo demais para ele andar sozinho por Glória do Goitá por fora de suas vistas, mas às vezes precisava pedir para ele comprar uma coisa ou outra no mercadinho, que ficava já perto da saída da cidade. Geralmente era Nido, um menino mais velho e mais esperto, quem fazia esses favores para as casas da rua em troca de algumas cédulas amassadas, mas naquela manhã ele ainda não havia aparecido. "1 cabeça de alho, 3 tomates, 200 g de manteiga, 100 g de tempero e uma barra de sabão do azul", ela escreveu assim num pedaço de papel que arrancou do caderno e avisou: o tempero é sem pimenta, viu? Esqueça não. O menino olhou tudo e perguntou se poderia comprar um badoque para ele também. Ouviu que sim, mas só se sobrasse dinheiro.

Ele calçou os chinelos, vestiu uma camiseta colorida e pegou um boné do pai porque o cabelo estava assanhado e a água era muito fria no começo do dia para molhar a cabeça e fingir um banho. Antes de sair, ouviu que tivesse cuidado, fosse pela calçada, olhasse para os dois lados antes de atravessar e não desse cabimento de conversa para seu ninguém. Conferiu mais uma vez o dinheiro e o papel no bolso da bermuda marrom e pediu a bênção. Deus te abençoe, te ilumine e te proteja, é de casa para o mercadinho e do mercadinho para casa, está ouvindo?

Fez que sim com a expressão de quem estranhava a necessidade de tal recomendação. Se despediu esticando-se para um beijo na testa e saiu. Subiu a ladeira em frente a casa bem devagar, de cabeça baixa e com os braços contidos no ritmo dos passos. Dobrou na outra rua, deu mais alguns passos e, de canto de olho, por baixo da aba do boné, percebeu que não avistava mais a sua casa. Pronto, aquele era o limite da vigilância da mãe. Jogou o boné pra cima, pegou de volta e correu. Subiu em um muro com um só pulo e gritou: ô de casa, com voz debochada. Ouviu alguma resposta, caiu na risada e correu. Voltou para pegar o papel, que caíra do bolso.

Mais alguns pulos pela rua e ele parou para conferir quanto tinha no bolso. Agachou-se sob uma árvore, esticou as cédulas — sem soltá-las para o vento não levar — e conferiu também as moedas. Tentou imaginar o preço do sabão, dos tomates e da manteiga. E se pedisse só cem gramas, será que a mãe notaria? Talvez não, porque seu Binô não entregava nota, mas sim um filete de papel com os preços das coisas impressos em tinha azul bem clara. Pegaria o sabão do mais barato e talvez esquecesse do alho. Ou talvez não, compraria tudo que a mãe pediu e pediria para o dono do mercadinho anotar o badoque para ela pagar depois, e de repente seu Binô até lhe desse de presente. Sempre que ia lá com a mãe e os irmãos, o velho perguntava o nome de cada um e depois misturava os nomes deliberadamente e fazia cara de desentendido. Todos riam. Sim, voltaria para casa com o badoque naquele dia, concluiu o menino. Jogou o dinheiro dentro do bolso e continuou.

Entrou na rua seguinte sem olhar para os lados e não foi pela calçada porque ela era cheia de cocô de cachorro e de gente. Duas ruas antes do mercadinho, parou na frente da casa rica do bairro e encostou as costas na grade. Segurou o riso e começou a cantar dó, ré, mi, fá, sol, lá, si, dóóó! Pulou a tempo de não ser atacado pelo cachorro grande e preto com orelhas pontudas. Doberman, Doberman, Doberman... estalou os dedos dizendo o nome que ouviu falarem outra vez por ali, enquanto o cão salivava e mostrava-lhe os dentes.

Daquela casa até a rua do mercadinho, o menino andava lentamente, pela calçada e sem dar uma palavra. A mãe conhecia o seu Binô desde criança e tinha algumas amigas por ali. Se ele fizesse qualquer coisa fora dos padrões dos filhos de Lourdes, uma das mulheres passaria na sua casa assim que pudesse, fingindo ser por acaso, e o entregaria. Andou devagar, levantou o boné e deu bom-dia a Fia, uma dessas amigas da mãe. Ela caiu na risada e perguntou se queria água. Ele disse que não, pois tinha acabado de tomar café e seguiu sorridente até entrar na rua do mercadinho de Binô. Parou imediatamente e pôs uma das mãos na cabeça.

O portão metálico do mercadinho estava para baixo. Os cartazes com as ofertas não haviam sido pendurados na fachada, e os carrinhos ainda estavam enfileirados e acorrentados sobre a calçada cheia de moscas e restos do dia anterior. Olhou o relógio e achou que talvez tivessem atrasado um pouco, mas não, já eram quase dez horas e seu Binô abria às sete. Bateu no portão com o pé e ninguém respondeu. Decidiu esperar um pouco. Sentou no chão e observou os pardais cautelosos chegarem cada vez mais perto à procura de pedacinhos de comida.

Nada de abrirem. Logo hoje que talvez comprasse um badoque? Seu Binô deixaria por conta da casa se o dinheiro não desse, tinha certeza. Ano passado, perto da Páscoa, o dono do mercadinho deu um olho de chocolate caseiro para o menino dividir com os irmãos. De outra vez, ele abriu um pote de plástico e tirou quatro bolas de gude, uma para cada menino, daquelas de vidro transparente e plástico colorido por dentro. E os badoques ficavam pendurados num arame em cima da cabeça de seu Binô, era só apontar, que ele afastaria sua cadeira da caixa registradora, pegaria uma escadinha de três degraus e escolheria o que tivesse com o elástico melhor e a madeira menos torta. Mas o mercadinho continuava fechado. Sorte dos pardais.

O menino percebeu que algumas pessoas passavam apressadas, e viu que elas se juntavam lá no final da rua. Decidiu ir lá ver o que era. A cada passo, o menino descobria mais gente. Em frente a um portão, no meio da rua, na calçada do outro lado e, também, nas janelas e nas portas das casas vizinhas. Apesar da aglomeração, ouvia-se os pardais e o barulho do carro na rua principal, ali perto. As poucas vozes eram sussurros que calavam abruptamente toda vez que o menino se aproximava. E quando seus olhos procuravam pistas do que havia acontecido, os rostos que procuravam o chão desviavam.

— Ei, Pistoleiro! — Era Nido, que chamava todo mundo assim. — Tu quer ver seu Binô?

— Que tem seu Binô?

— Morreu, Pistoleiro, morreu!

O menino sentiu os olhos e o rosto encolherem e um nó doeu a garganta no mesmo instante, mas não podia chorar na frente de Nido, pois viraria chacota no bairro pelo resto da vida. Pegou o papel com a lista das compras, releu por alguns instantes e guardou de volta no bolso.

— Vai, rapaz, deixa de ser frouxo. Bora ver seu Binô morto. — Nido deu um toque de leve no braço do menino e disse para seguir, ligeiro. Meio agachados, os dois passaram pela multidão e atravessaram o portão com facilidade. A quantidade de gente no terraço e na sala era ainda maior, mas eles não passaram por lá: Nido conhecia a casa e o levou por um pequeno corredor lateral até a parte detrás. Entraram pela cozinha e subiram uma escada de ferro que dava na área de serviço do primeiro andar e, de lá, atravessaram outra sala lotada sem dificuldades, engatinhando por baixo de uma imensa mesa de sinuca. Nido apontou para a porta de um dos quartos. Está ali.

O menino arrastou os joelhos e as mãos por alguns metros e viu os pés gordos e pálidos, um deles meio torto. Esticou o tronco e, agora apoiado nos joelhos, viu que a calça cinza listrada, talvez do pijama, estava escurecida na parte que tocava o chão. Deu um passo à frente e viu a barriga imensa e branca de seu Binô, retorcida. Ao lado, seus dedos redondos seguravam um revólver preto, envolto em um líquido vermelho quase preto que tingia também os braços, o chão, e a parede lá atrás. Procurou o rosto de seu Binô para ver que realmente era ele, mas o vermelho quase preto agora se espalhava também pelo teto, pela porta, pelos rostos assustados das pessoas que corriam na direção do menino e gritavam. O som também foi escurecendo, distante, distante, e tudo ficou preto.

Quando despertou, estava sufocando com o cheiro forte de álcool de um algodão frio com que tapavam suas narinas. Estava sentado em uma cadeira de plástico, na mesa da cozinha. Mal abriu os olhos e viu o dedo da empregada da casa balançando perto do seu rosto, enquanto ela falava coisas que ele não entendia. Reconheceu a voz de Nido e o encontrou encostado na porta de saída, implorando que não chamassem o pai dele.

— Vão embora os dois, agora!

— Sim, senhora. Sim, senhora. Vamo simbora, levanta daí. — Nido levantou o menino pelos braços e o puxou pela sala principal da casa e pela rua, até saírem do meio da multidão.

Andaram sem trocar uma palavra e, em frente à casa do garoto, os olhares se cruzaram rapidamente, sem querer. Assim que despontaram na rua de casa, a mãe do menino abriu a porta. Ele não teve coragem de encará-la, pois imaginava que ela o observava sem piscar por já saber de tudo. Certamente as amigas haviam contado tudo, que já tinha um sermão pronto. O castigo era certo.

— Entra.

E passou pelo portão sem dizer nada.

Nido catou um mato fininho para mastigar, procurou a sombra do outro lado da rua e sentou-se no chão, onde juntou umas pedras pequenas. Passou a tarde ali, tentando acertar os pardais e desenhando na terra com a ponta do dedo.

PRESENTE DE NATAL

Com os pés pendentes e as mãos sobrepostas, Pedro distraía-se entre os remendos feitos pela avó no sofá violeta e o relógio com desenhos de frutas pendurado na parede que separa a sala do quarto onde dorme uma das tias. Da televisão saiam apenas as imagens da Missa do Galo, pois o que se ouviam eram as batidas meio metálicas da caixa de som dos outros tios, que bebiam e gritavam espojados no terraço.

Toda família jantara no horário de sempre, nada de especial, e três foram direto dormir. Natal é festa para rico, para pobre é lamento, ouviu? E ele ficou no sofá, sem saber que horas eram, nem se a mãe voltaria naquela noite. Se viesse, não traria presente, talvez um prato de docinhos que a patroa sempre mandava para ele, dos que sobravam das festas. Queria mesmo era estar ali no sofá, com as coxas da mãe de travesseiro, recebendo carinho na orelha até dormir, e só acordar de manhã, entre ela e a avó, já no quarto. Vai pra cama, Pedro! Tua mãe não chega hoje não — um tio o fez abrir os olhos com um tapa na nuca raspada e os outros gargalharam lá de fora — ela disse que ia ficar lá hoje.

Ficar lá hoje significa que ela precisa dormir no trabalho. Cantaria até os gêmeos da patroa dormirem, depois deitaria no colchão, no chão, entre as duas caminhas brancas, e passaria a noite atenta para acalmá-los com cafuné e palavras doces, caso eles chorassem. Mas é assim mesmo, mamãe precisa. Não gostava disso, de vê-la tão pouco e tão cansada, das manhãs na escola, das tardes na rua ou na fuga das ordens e tapas risonhas dos tios, e das noites curtas em que mal tinha tempo de olhar para mãe e ouvi-la falar bobagens só para ele sorrir.

Essa tristeza poderia acabar em breve, se o Papai Noel realmente existisse, como a professora tentou convencê-lo no começo do mês e mandou que escrevesse uma carta. A única exigência era que se começasse com "Querido Papai Noel", depois poderia pedir o presente que quisesse. Qualquer um, qualquer um mesmo, desde que não fosse muito caro, afinal, o |Bom Velhinho tem muitas crianças para visitar no Natal. Não acreditava nessas histórias, mas talvez o pessoal da escola conhecesse algum grã-fino que pudesse ajudar a realizar seu sonho.

Querido Papai Noel,

Fui um menino comportado, fiz coisas boas, tirei notas boas. Não queria ganhar presente, Papai Noel, queria que minha mãe deixasse o trabalho dela e ficasse em casa brincando comigo todos os dias. Obrigado, Pedro.

Escreveu as poucas linhas de lápis e depois cobriu, com cuidado, de caneta azul. Como lhe sobrava tempo, também desenhou uma casa, uma criança, uma mulher e setas que apontavam para a legenda: eu e mamãe. Era a espera pela resposta que o mantinha ali no sofá. Inclinou-se para o lado e adormeceu, mesmo com todo barulho dos tios e todo calor de dezembro.

Ninguém carregou Pedro no braço até a cama, nem o acordou para tomar café. Quem o despertou perto das nove horas foi Kevinho, o menino da casa da frente, que entrou na sala aos berros para avisar que Papai Noel tinha acabado de dobrar a esquina numa van amarela. Disse que se eles quisessem presentes teriam que correr. Pedro respondeu que não queria nada, mas o amigo insistiu: a professora estava na van também, eram os presentes das cartas. E os dois correram pela rua de terra do jeito que estavam.

A van amarela estava no final da rua e, de pé, cercado de pacotes coloridos e crianças, o Papai Noel parecia gigante. Porém, mais de perto, Pedro percebeu que ele nem era tão alto assim. Era magro e usava roupas tão folgadas que a barriga retangular de espuma quase escapara pelos lados. Presa às orelhas por um elástico encardido, a barba branca de fio sintético mal cobria-lhe o queixo magro. Os óculos de aros dourados sem lentes não eram suficientes para disfarçar as sobrancelhas escuras e bem desenhadas. A professora, logo atrás, disse algo, e o Papai Noel forçou uma voz grave que nunca existira. Pedro? É você, Pedro? Seu presente, meu amiguinho!

Não precisava abrir para perceber que havia ganhado uma bola, mas Pedro abriu, rasgou o papel, olhou o presente rapidamente e disse um muito obrigado — como a mãe ensinara para fazer sempre que recebesse algum presente, quer tenha gostado ou não. O Papai Noel continuou tentando uma voz velha e gorda, perguntando se o menino estava feliz. Pedro sorriu e olhou para o chão. Disse que sim.

ESSA LIBERDADE

Cleque. O barulho peculiar da maçaneta da porta acordou o garoto perto das onze da manhã. Pela fresta de luz que entrava no quarto, percebeu sombras dos pés de alguém que acabara de sair dali, e, de relance, viu uma caixinha azul com laço dourado sobre o móvel de madeira ao lado da cama. Não era aniversário, nem havia feito nada para que merecesse, mas era um presente. Era presente dos pais. E ele até já imaginava o que seria.

Desfez os laços, abriu a caixinha e lá estava uma chave grande, preta, presa a um chaveiro do Capitão América, um de seus personagens favoritos.

— Não acredito, pai! Não acredito! — Saiu do quarto aos berros.

— Então vai lá na garagem para ver de perto.

Desceram juntos, o pai, a mãe e o filho, conversando sobre como haviam comprado o presente sem estragar a surpresa. Não houve dificuldades, nem financeira, nem para guardar segredo, pois dinheiro nunca faltou e geralmente só se viam juntos tarde da noite, perto da hora de dormir. Quando chegaram a uma das garagens no prédio, lá estava o compacto, azul da mesma tonalidade do herói americano. Pintura brilhante, sem uma mancha ou sinal de poeira, pneus extremamente pretos e limpos. A máquina em forma de perfeição.

— A máquina ideal para o homem que você já é. É todo seu, meu filho.

— Obrigado, mãe — respondeu enquanto abria a porta e se acomodava no banco do motorista. — E esse cheiro de carro novo? Que sonho!

— Carro novo? Esse é o cheiro da liberdade, filho. Livre dos ônibus, livre das filas, do empurra-empurra, livre das caronas, livre da espera por Uber. Agora com namorada então... Parabéns, garoto! Vamos dar uma volta.

— Vamos, pai, mas e a carteira de motorista?

— Vamos providenciar. Você já dirige minha caminhoneta para todo canto, imagina um carrinho desses! Agora vamos acelerar na BR para ver se esse motor é bom mesmo.

Partiram pela BR em direção à universidade, que era o percurso diário do garoto. Sorridentes e sem medo, ultrapassaram quantos carros foram necessários e trocaram de faixa várias vezes, só para sentir a inércia jogá-los de um lado para o outro — brincadeira que ele repetiria muitas outras vezes.

Algumas horas depois, o encontro com a namorada não foi bem como o esperado, e ele ficou com a impressão de que ela não tinha gostado tanto da ideia. Explicou que teriam mais liberdade para fazer o que quisessem, poderiam sair para onde entendessem, antes ou depois da aula. Ela não foi clara se concordava ou se discordava, mas os dias seguintes mostraram que, de fato, ele tinha razão: tornaram-se mais próximos, mais íntimos e mais presentes e, também, livres de dar qualquer satisfação sobre por onde andam ou de que horas voltam.

A bordo do carrinho azul, visitavam com frequência os amigos que ainda tinham, percorriam muitas festinhas e, na volta, geralmente paravam em algum dos motéis da BR, como faziam antes ou depois das aulas. Só duas coisas o incomodavam: a irritação dela quando ele brincava na direção, trocando de faixas em alta velocidade, e quando ela preferia pegar ônibus ou táxi, simplesmente porque queria ir ou vir só — ela dizia. Não compreendia, pois fazia questão de buscá-la e levá-la onde precisasse.

Mas nada parecia desanimá-lo. Sentia-se completo antes dos vinte. Estudava em uma das melhores universidades do país, tinha um carro novinho e uma namorada que o acompanhava em todos os momentos. No dia em que ela o telefonou e convidou para chegar mais cedo na faculdade e irem em uma sorveteria, achou que seria um programa normal de um casal em que a namorada estava com saudades.

— Não dá mais — ela falou.

— Não dá mais o quê? O que é que não dá mais?

— Não dá. Não dá. Eu não aguento mais. Estou sufocada.

Sentiu o rosto esquentar. O ar começou a faltar e era como se ele sentisse o coração pulsar dentro dos ouvidos.

Julgava estar tudo bem com o relacionamento, julgava ser o namorado perfeito — que sempre estava à disposição —, apesar de um pouco ciumento, julgava ser o ideal para ela, mas foi como se aquele "não dá mais" o tivesse acordado de um sonho. Fechou as duas mãos com a força que tinha e começou a falar tudo o que veio na mente. Disse que viveu e fez tudo por ela, questionou o amor que ela sentia e, por fim, a chamou de covarde. Ela pediu calma, e ainda tentou segurá-lo, disse que ele não podia sair dali daquela forma, mas ele julgava ser, também, um homem livre.

Empurrou a namorada de volta na cadeira da sorveteria e foi embora, olhando para os próprios passos, fortes, e com as mãos fechadas, como se quisesse socar algo ou alguém. Só abriu a mão para pegar o chaveiro do Capitão América.

Bip bip. Entrou no carro azul, fechou a porta com toda força que conseguiu, girou a chave e acelerou. Deixou as marcas escuras no asfalto e o cheiro de borracha queimada no ar. Pisou no acelerador até sentir a inércia jogá-lo para trás. Toda potência do motor. Trocou de faixa diversas vezes, ultrapassando quem estivesse pelo caminho. A máquina perfeita. O carro azul, a extensão do homem livre. O combustível explode dentro dos cilindros, no ritmo do coração do homem de coragem. Por dentro. O cheiro é da liberdade.

* * *

Acordou com um gosto ruim na boca. Sentiu um cheiro forte e um frio intenso, como se sua roupa estivesse muito molhada. Abriu os olhos e percebeu as luzes vermelhas e azuis frenéticas, circulando por todos os cantos que ele tentava enxergar. Tentou sair do carro, mas foi contido por dois homens que estavam junto à porta. Eram policiais. Outros deles tentavam conter uma multidão que gritava na direção do carro azul.

— Assassino!

— Assassino!

— Assassino!

Tentou perguntar o que havia acontecido, mas o ar faltou e só saíam soluços. Olhou para os lados, mas não viu nenhum sinal do que havia acontecido. Gritou desesperado e tentou sair do carro. Desta vez conseguiu. Os policiais o seguraram pelos braços e o carregaram, à força, até a viatura parada ali perto. As pessoas gritavam, e algumas pedras atingiram o carro azul. A polícia atirou para cima duas vezes, para dispersar, mas ele ainda viu um homem arremessar parte de um tronco de árvore no capô da viatura, que só conseguiu sair depois de deixar marcas de pneu na pista e, no ar, o cheiro de borracha queimada.

Ao chegarem na delegacia, passaram direto para uma salinha nos fundos, longe das pessoas que esperavam atendimento no plantão recém-iniciado.

— Garoto, a coisa foi feia. O que você fez, cara? Agora não adianta chorar. Seu pai está vindo.

Friemque. O barulho peculiar de fechadura enferrujada, ruim de fechar, espalhou-se pela cela. Não tinha luz.

NADA COMO ANTES

Eram cinco e trinta de uma tarde de segunda-feira quando Nadie entrou na padaria. Olhou para o relógio de parede sem ponteiros e comentou com a vendedora: "A essa hora e num dia como hoje? Por que está tão vazia?". A senhora loura de toca verde e avental respondeu com uma cara de estranheza e, enquanto abria a sacola de papel, caminhou em direção ao cesto grande de madeira e vidro de onde saía uma baforada quente, provavelmente de forno recém-aberto.

Nadie abriu a carteira e viu que tinha quase nada. "Coloque seis pãezinhos para mim, por favor!". A atendente alcançou um pegador de madeira, afastou ainda mais os lados da sacola, colocou nada dentro, e repetiu o movimento mais cinco vezes. "Mais alguma coisa, querida?", perguntou. "Sim, coloque trezentos gramas desse queijo aqui", Nadie respondeu apontando para uma bandeja de alumínio sem nada, abrigada dentro do balcão gelado. Uma faca grande de cabo branco surgiu na mão da mulher, que partiu um pedacinho e disse "prove". Nadie ia segurar o queijo com a ponta dos dedos, mas lembrou que passara o dia pela rua e sem lavar as mãos, decidiu usar a boca: esticou-se até a ponta da faca e deu uma dentada: "Está bom. Está muito bom. Um gostinho muito bom de nada". A mulher sorriu, finalmente. "Mais alguma coisa?", disse enquanto pesava tudo e adesivava os preços nas duas sacolas. "Não, obrigada. Pago ali?"

O caixa era ocupado por um velho gordo, de pescoço vermelho e cabeça arredondada. Nadie percebeu que ele estava inquieto, olhava para os lados e para a televisão que transmitia para toda padaria as imagens de quatro câmeras do circuito interno. O velho fingiu uma tosse para chamar a atenção e apontou a maquininha a laser para as etiquetas. A soma apareceu na tela do computador, visível para ambos. "Deu nada", e ela abriu a carteira e sacou nada. "Estou sem trocado, desculpe". De troco, o velho estendeu a mão cheia de nada para ela, que recebeu e agradeceu por nada.

Antes de sair, Nadie percebeu que o velho voltou a olhar para a televisão, e, em seguida, ele estalou o dedo para um segurança e apontou para um rapaz de mochila nas costas, de pé, desconfiado, perto de uma daquelas prateleiras que vendem nada do que você precisa. Ela baixou os olhos para chamar um táxi pelo celular e quando voltou a olhar para dentro da padaria, nada tinha acontecido.

Em casa, Nadie colocou as duas sacolas sobre a mesa da cozinha e foi direto para a sala contar ao marido o que havia presenciado. Ele estava meio deitado ou meio sentado no sofá, e o televisor ligado em algum canal aberto que não transmitia nada. Na mão, segurava uma taça quase esborrando de nada. "Está bebendo nada, a esta hora? Achei que a gente iria brindar mais tarde, antes de deitar para ver um filme e... comprei até um queijinho". O marido respondeu que estava com a cabeça cheia, então abriu a garrafa para experimentar, só um golinho, mas acabou gostando. A taça agora estava quase esborrando porque, quando ele percebeu, a garrafa já não tinha quase nada e ele decidiu completar a dose para não ter que levantar novamente.

Às vezes só queria chegar em casa, sentar e não fazer nada ao lado de quem gosta. Era apenas isso que ela esperava daquele fim de tarde, mas o marido, calado, não tirava os olhos da televisão, como se Nadie não existisse. Ela sentiu o rosto esquentar e a respiração ficar ofegante, pensou mil coisas para dizer, mas não conseguiu falar nada. Então levantou-se e pisou com toda força cada passo até o quarto, antes de bater a porta. Quando saiu, carregava uma bolsa de náilon nas costas e uma toalha no ombro. O marido olhou, mas não falou nada, e ela fez questão de dizer: "Vou sair para nadar".

DIA DE TRABALHO

O ônibus estava menos cheio que de costume, mas não o suficiente para que ela conseguisse um lugar para sentar. Acomodou-se em um canto perto da porta, mais fácil para descer, e ao lado das cadeiras mais altas, onde dava para se segurar sem precisar levantar os braços. Poucas coisas no seu corpo a incomodavam tanto como suas axilas, ah se tivesse dinheiro para tirar tudo a laser, definitivamente, pensava.

Pegava o Barro-Macaxeira quase todo início de noite e, apesar de sempre repleto de braços, pernas e cabeças suadas por todos os lados, reconhecia um ou outro rosto que costumava fazer a mesma viagem naquele mesmo horário. Nenhum a olhava por muito tempo. Alguém puxar conversa com ela era algo que julgava impossível. Estava acostumada a ver as pessoas desviarem a vista ou o corpo para não tocar nela.

— Ei, moça, quer que eu segure sua bolsa? — perguntou a menina de cabelos longos e negros que costumava subir no ônibus perto da universidade, mas nunca mais havia aparecido.

— Não, querida, está bem assim. Mas obrigada!

Percebeu os olhos inchados e o nariz rosado, vez por outra amparado por um lencinho de papel já amassado e muito úmido. Tocou levemente no ombro dela e sorriu.

— E obrigada pelo "moça". Ai, ganhei meu dia!

A menina respondeu com um sorriso e levantou levemente os ombros:

— Mas é, ué!

— Pois é, né? — Jogou os cabelos para trás. Mas e esse choro, o que houve, Princesa?

— Acabei o namoro.

— Credo, esqueça isso então. Levante a cabeça, respire, aproveite o vento da janela e bola pra frente. Uma menina linda dessa, tenho certeza de que ele não vale nem esse lencinho! Ou ela, né? Não sei.

— Obrigada, você é um amor. É ele mesmo. Era.

— Bem, minha parada é essa, a outra. Fique bem, querida! — Mandou um beijo com a ponta dos dedos e desceu.

Fitou o ônibus seguir pela BR até perdê-lo de vista, conferiu se estava tudo em ordem com a bolsa, com o vestido e com o céu, achou o dia estranho e torceu para que não chovesse. A ponta do salto agulha prendia entre as pedras, mas nada que atrapalhasse a caminhada até a esquina onde ela costuma passar a maior parte das noites. De vez em quando, alguém buzinava ou gritava alguma infâmia pela janela, idiotices que ela aprendeu a ignorar.

O ponto era uma interseção da estrada com uma rua de terra. Da parada de ônibus até lá, andava sem cansar, mas já chegava um pouco suada. Limpou o bico dos sapatos — "*aff*, todo arranhado já" —, subiu o vestido na altura da rosa azulada tatuada na coxa e pintou a boca como pôde com seu batom vermelho quebrado, posicionando contra a luz do poste um espelhinho que pegara de brinde em algum motel da vida. Contou até três, imaginou uma música qualquer e começou a dançar de costas para a pista. Era assim que fazia para chamar atenção, e só parava quando ouvia alguma buzina bem perto ou quando percebia a luz cortada por alguém e refletida no muro de cerâmica branca.

Naquela noite, quase nenhum sinal. Só uma caminhonete velha e vermelha de vidros escuros parou, e ela não foi até lá porque achou parecida com o de um ex-vizinho, até simpático, solícito, mas que quando ela foi expulsa de casa pelo pai negou — pela fresta do portão de casa — uma noite de abrigo. Dormiu dias na rua até conhecer uma velha que a recebeu em um barraco de madeira, lona e chão batido. Era de lá que saia praticamente todas as noites de salto alto, bolsa pendurada e mãos vazias, para tentar voltar na manhã seguinte com pelo menos uma sacola de pão e outra de leite. De dentro do carro, a pessoa insistia com a buzina, depois, com o vidro da janela aberto, disparou.

— Quer dinheiro não, sua puta?

Sem falar nada, virou o rosto jogando os cabelos, colocou a mão dentro da bolsa e rebolou lentamente para um local mais escuro da rua de terra. O homem atirou outros insultos que não a atingiram e depois riscou o chão com traços pretos, deixando para ela o odor de borracha queimada. "Esse fresco! Quer arriar com minha cara?" Retirou a mão de dentro da bolsa e fez o sinal da cruz rapidamente, rezava para que nunca descobrissem que o canivete que ela dizia carregar era apenas um batom. Sentiu vontade de antecipar a volta para casa, mas precisava de algum dinheiro para começar a semana.

As horas e os carros demoravam cada vez mais para passar e o céu dava sinais de que a qualquer momento a chuva começaria. Quando isso acontecia, a jornada era perdida, corria para baixo de uma marquise só para não estragar muito o cabelo aplicado, porque de lá mal conseguia ser vista por quem passava na BR. Sentiu uns pingos finos no pescoço e nos braços, mas enquanto alternava o olhar entre o céu e o abrigo, um carro prata, largo, alto e de pneus enormes parou ao seu lado.

Não conhecia marcas de carro, mas só de olhar percebeu que aquele valia muito. Aproximou-se da porta, sorriu, fez uma dancinha, no ritmo da música abafada que escapava do carro. Dobrou os dedos e deu umas pancadinhas no vidro, mas não teve resposta. Passou pela frente dos faróis e foi até a outra janela, de onde viu uma luz branca surgir lá dentro. O vidro abaixou de repente. Era um homem branco, mais ou menos uns trinta e cinco anos, forte e de cabelos pretos e lisos, rosto bem cuidado, relógio caro, muito caro, camisa de marca. No banco do passageiro, um rapaz, mais novo, loiro, barba bem-feita, colar no pescoço e pulseiras largas no pulso da mão que sustentava um celular — a luz que ela tinha visto há pouco.

— Tá filmando, meu bem?

— Sim, manda um beijo, gata!

— E então, vamos nos divertir, *boy*? — disse depois que mandou o beijo e deu um tchauzinho.

— Vamos, gata! Quanto custa? Não, pera, pera. Antes: quer um uisquinho para animar?

— Hum, eu quero.

— Toma!

Virou o rosto no susto, mas os pingos do líquido quente e amarelado adentraram sua boca e fizeram arder os olhos. O cheiro insuportável escorria pelos cabelos e pelo colo. Os dois riam e gritavam para a câmera do celular.

— Jogar mijo na cara dos outros, filho da puta! — E cuspiu no rosto do rapaz que dirigia.

Rapidamente ele desligou o carro, puxou freio de mão e soltou o cinto de segurança para sair do carro. Ela tentou correr, mas o salto a impediu. Só sentiu a pancada nas costas, tão forte que caiu sem demora. Depois veio um chute, direto na costela. Viu os sapatos do outro chegarem rapidamente e tentou derrubá-lo com socos na canela e unhadas no calcanhar. O revide veio com um pisão nos ombros.

— Cospe agora, cospe sangue agora! — gritavam.

E o alívio que ela sentiu nos poucos segundos em que as pancadas cessaram, logo foi substituído pela dor mais forte. Com os pés, afastaram suas pernas e recomeçaram os chutes, agora em sua parte mais dolorida.

O corpo todo tremeu, os olhos pesaram. Viu os dois correrem para o carro. Os olhos cansados. Uma bandeira do Brasil e um nome que ela não leu em adesivos colados na traseira do carro. Os olhos com sangue. O pneu cantou estridente e o carro sumiu pela BR-101. A escuridão, em espasmos, engoliu a noite nublada. Os olhos fecham.

HUGO PEIXOTO

é pernambucano e dedica-se à literatura desde 2007, quando teve crônicas publicadas durante o 5º Festival Recifense de Literatura. Foi finalista e recebeu menções honrosas em prêmios nacionais na categoria contos. Em 2009, venceu o 7º Concurso de Contos Luís Jardim (PE) e o I Concurso Nacional de Literatura Jorge Ribeiro (RS). Em 2018, publicou seu primeiro livro *A La Ursa quer em Euro — e outros contos de Carnaval*, independente e em edição cartonera. No ano passado teve textos publicados em três antologias de contos. É possível conhecer mais sobre o autor em www.instagram.com/hugo_peixoto

este livro foi editado

no inverno

de 2021